LA
JOURNÉE DE CÉLINE

7ᵉ SÉRIE IN-12.

LA JOURNÉE
DE CÉLINE

PAR MADAME DORVAL

SUIVIE DE

LES AVANTAGES D'UN BON CARACTÈRE.

LIMOGES

EUGÈNE ARDANT ET Cⁱᵉ, ÉDITEURS.

LA

JOURNÉE DE CÉLINE.

— Bonjour, Céline, disait une fillette blonde et rieuse à la jeune brunette qui accourait au-devant d'elle.

— Bonjour, Emilie, répondit celle qu'on venait de nommer Céline, en sautant au cou de la petite blonde.

— Ne m'embrasse pas aussi fort... tu vas m'étouffer.

— Je suis si aise de te voir !

— Et moi donc ! Quelle bonne journée nous allons passer !

— Allons-nous nous amuser, dis,

Emilie? Il est convenu que tu restes avec moi jusqu'à ce soir, bien tard!

— J'y compte!... Depuis hier, je ne cesse de penser à la manière dont nous emploierons notre temps.

— Nous allons avoir un plaisir!!! Mais, si tu savais!...

— Quoi donc, Céline? Ta grande poupée parlante est-elle brisée?

— Non; elle est au contraire dans ses habits de fête.

— L'escarpolette est enlevée?... Quel dommage! j'aime tant à me balancer.

— Pourquoi l'aurait-on fait disparaître, mon escarpolette?

— C'est que ta maman disait l'autre jour à la mienne qu'elle mourait de frayeur quand elle voyait ta jeune sœur Berthe suspendue dans l'espace.

— Il ne s'agit point de tout cela.

— De quoi donc?

—De notre fête. Hier matin, maman voulait la retarder; mais j'ai tant pleuré et si bien promis de ne plus faire la méchante, que j'ai obtenu ma grâce.

Emilie ouvrit de grands yeux étonnés :

— Ce retard aurait, je vois, été une punition?

(*Céline un peu confuse.*) Oui... Je te raconterai cela... Assez causé. Allons rejoindre nos amies sous la charmille, où elles sautent à la corde en t'attendant.

—Je ne suis pas arrivée la première?

— La première? Ah! ah! ah! (*Riant aux éclats*), C'est-à-dire que tu es la dernière, Emilie.

Céline passa son bras sous celui de sa petite amie, et l'une et l'autre se dirigèrent en courant vers le joyeux essaim dont elles entendaient de loin le bourdonnement et les túmultueuses allées et venues. Quand elles parurent, les jeux cessèrent. En enfants bien élevées, ces demoiselles (il n'y avait que des demoiselles) s'avancèrent vers Emilie et répondirent gracieusement au bonjour qu'elle leur adressa.

Passons en revue notre gentille société. A tout seigneur tout honneur, dit le proverbe. Aussi, présenterons-nous d'abord la fille aînée de la maison, mademoiselle Céline Villaret, petite brune âgée de huit ans, à la mine rose et éveillée, aux yeux noirs et mutins. Ses parents la chérissent, ce qui est naturel, et le lui prouvent par des marques de tendresse multipliées, ce qui est légitime. Si Céline avait le bon sens de comprendre que plus elle reçoit, plus elle doit donner, et qu'aux preuves continuelles d'affection qu'on lui accorde, il serait juste qu'elle répondît par la reconnaissance et la soumission, tout irait bien. Mais non! Céline n'est pas souvent aimable. Elle songe trop à elle; elle rapporte tout à sa satisfaction personnelle. Qu'elle soit heureuse, qu'elle s'amuse, qu'elle ait de jolies poupées et de magnifiques jouets, qu'un contre-temps ou une défense n'entravent point ses projets de plaisir, elle sera douce, gracieuse. Malheureusement tout n'est pas rose dans la vie, même pour les petites filles un peu gâtées, comme était Céline. La pluie peut empêcher une promenade dont on espérait beaucoup d'agrément; une maladie retarder un voyage depuis longtemps fixé; une crainte de danger faire suspendre un jeu fort récréatif. Eh bien! qu'un de ces obstacles (on pourrait en citer mille autres) entrave les joyeux projets de Céline, adieu la soumission. Elle subit à l'instant une funeste métamorphose : de brebis, elle devient loup ! Hargneuse, obstinée, rebelle, elle aggrave la peine que lui cause un contre-temps passager par le chagrin plus vif encore que lui attire une punition sévère et méritée.

Parlons maintenant de son amie, Emilie. De deux ans plus âgée, elle est aussi plus raisonnable. Elle aime à jouer le rôle de grande auprès de ses jeunes compagnes, donne volontiers des avis et tient à ce qu'ils soient suivis.

On lui a dit qu'elle était sage ; elle le croit et gâte la légère dose de sagesse qu'on lui prête, fort indulgemment, par une dose de prétention beaucoup plus considérable.

A part ce travers que la réflexion ne

peut manquer de corriger, Emilie est une excellente petite fille.

Voici maintenant Berthe, sœur cadette de Céline : cinq ans, très-bruyante, passablement étourdie et pas du tout méchante; telle est à grands traits l'esquisse de celle que nous pourrions aussi nommer la Benjamine de la réunion.

A côté de Berthe paraît Alice, cousine germaine d'Emilie. Vêtue d'une élégante toilette, Alice, qui compte à peine sept printemps, est si heureuse de porter pour la première fois une fort jolie robe de gaze bleu azur, que son ardeur habituelle pour le jeu en subit une notable diminution. Elle craint de déchirer ses vêtements en courant, pousse des cris perçants lorsqu'une de ses compagnes la tire un peu fort, et

excite ainsi les railleries du cercle es-
piègle dont elle fait partie.

Nous nommerons simplement Louise,
Léonie, Marthe et Geneviève, enfants
de six à huit ans, invitées par Céline
à venir passer la journée avec elle.

Quelle bonne journée !

Depuis une semaine, madame Villaret
l'avait promise à sa fille en récompense
d'une soumission qui, on le sait déjà,
n'était pas habituelle à celle-ci.

De sa plus belle écriture et de sa
meilleure diction, Céline avait adressé,
sur papier glacé rose, des billets d'invitation à six de ses amies.

On se réunirait à huit heures du matin, et on ne se séparerait pas avant
neuf heures du soir. Le programme de
la fête avait mis en ébullition les jeunes cervelles des convives. Déjeuner à
l'ombre, dans les charmilles, jeux di-

vers jusqu'à midi, dîner, promenade en bateau, halte à une maison de campagne, goûter sur l'herbe et retour au logis vers huit heures.

Tout cela était fort gentil, et nos huit demoiselles ne se possédaient pas d'aise.

— Lorsque nous étions seules, dit Émilie en tirant Céline à l'écart, tu me disais que notre fête avait manqué de tomber dans l'eau. M'expliqueras-tu pourquoi? Sais-tu que j'aurais été bien fâchée de ne pas être de la partie?

— Tu en aurais tout de même été... dans huit jours.

— Dans huit jours! Mais je pars demain avec mes parents pour un voyage de trois semaines.

— Nous devions partir aussi et passer le reste des vacances en Normandie, répliqua Céline en poussant un gros soupir.

— Tu ne feras pas ton voyage ! Ah ! ma bonne petite Céline, je te plains.

— Tous nos préparatifs étaient terminés, et voilà que ma tante Julienne...

— La vieille dame qui porte toujours des chapeaux jaunes ?...

— Oui ! Elle est arrivée avant-hier au soir et... adieu notre voyage.

L'enfant se cacha les yeux avec son mouchoir : elle pleurait.

— Pourquoi mademoiselle Julienne ne vous accompagne-t-elle pas en Normandie ?

— Mais, ma chère, nous le lui avons tout de suite proposé ; elle ne veut pas. Elle est si âgée et perclue de douleurs rhuma... rhomi... Voilà que j'ai oublié le nom qu'elle donne à ses douleurs, rhuma...

— Rhumatismales, sans doute, prononça la savante Emilie.

— Rhumatismales! Quelle drôle de maladie, n'est-ce pas?

— Oh! je la connais. Mon oncle Paul en souffre bien, va, et il ne la trouve pas du tout drôle, je t'assure.

— Enfin, tante, à cause de son âge et de ses vilains rheumatismes...

— Que tu as la tête dure! Dis donc rhumatismes.

— De ses vilains rhumatismes, répéta bien sérieusement Céline, ne peut venir là-bas. C'est à ce sujet que je me suis mise hier matin dans une colère... j'étais hors de moi! J'ai dû dire de vilaines choses, dont je ne me souviens pas maintenant, car maman m'a menacée de contremander tout de suite notre petite fête. Pas de fête, pas de voyage... oh! j'en aurais été malade, bien sûr!

— Tu as encore le cœur gros en racontant tes mésaventures; n'y pense plus, va ! Ne te fais point tant de peine, Céline.

— Voilà maman ! Elle vient nous chercher pour le déjeuner. Il ne faut pas qu'elle s'aperçoive de mon chagrin. (*Elle essuie ses yeux.*)

— Tu pleures ! petite folle ! Ne feras-tu pas ton voyage plus tard ?

— Quand donc, puisque les vacances finissent dans trois semaines ? l'année prochaine ?... Que c'est ennuyeux !...

Madame Villaret approcha du groupe d'enfants. Mademoiselle Julienne, la tante en question, s'appuyait sur son bras. Elle mérite quelques lignes descriptives. Figurez-vous une très-corpulente et très-grande demoiselle arrivant du fond du Morbihan, et n'ayant quitté qu'à de rares intervalles l'humble bourgade qui l'a vue naître. Elle porte ordinairement un bonnet à larges tuyaux,

au centre desquels sont intercalés des
nœuds de ruban de la couleur des jolis
serins qui voltigent dans vos cages.
Une éternelle robe noire, accompagnée
d'un caraco de même nuance, forment
son accoutrement habituel, que com-
plète un grand tablier agrémenté de
deux vastes poches.

Dans celle de droite, repose sa tabatière (une tabatière d'argent, ne vous
en déplaise, souvenir de son frère le
chanoine), et dans celle de gauche, une
pelote de laine qui alimente le tricot
qu'elle retourne sans cesse entre ses
doigts actifs.

Qu'il fasse beau ou mauvais temps,
mademoiselle Julienne est munie d'un
parapluie de soie marron. Quand le soleil brille, il lui sert d'ombrelle, et,
en cas de pluie, il reprend sa destina-
tion véritable. Et si l'atmosphère n'est

ni pluvieuse ni brûlante, eh bien! mademoiselle Julienne trouve encore moyen d'utiliser l'accessoire qui semble rivé à sa personne. Qu'en fait-elle donc? Elle s'appuie dessus en marchant, alors il lui tient lieu de canne.

A part ces légères excentricités, mademoiselle Julienne est une personne d'esprit, de bon sens, et, mieux encore, de cœur.

A sa vue, la réunion suspendit ses jeux pour la considérer curieusement. Quoiqu'elle remarquât les sourires espiègles provoqués par sa mise surannée et son vaste parapluie-parasol-canne, elle ne fit pas mine de les voir.

— Venez déjeuner, mes petits anges, vous devez avoir bon appétit, dit-elle après avoir reçu les bonjours et les baisers de la jeune réunion. Allons, Céline, ouvre la marche avec cette grande demoiselle qui paraît si raisonnable.

« Cette grande demoiselle qui paraît si raisonnable. » Comme ces mots résonnèrent agréablement à l'oreille d'Emilie ! Elle se redressa et remercia la tante par un aimable sourire. Puis, prenant le bras de Céline, elle marcha côté à côté avec mademoiselle Céline et madame Villaret.

— Quel âge avez-vous, mon petit ange? (C'était l'expression favorite de mademoiselle Julienne quand elle causait aux enfants.)

— Bientôt dix ans, Mademoiselle. Je dois faire ma première communion au mois de mai prochain.

— Bientôt dix ans ! Encore sept fois autant, et vous serez vieille comme moi. Pour le moment, vous êtes l'aînée

de ces jeunesses... et la plus sage, cela
se voit!

— Allons un peu plus vite, Emilie!
dit à son tour Céline en cherchant à
presser la marche.

Sa manœuvre n'eut pas de succès.
La vanité d'Emilie était trop flattée par
les discours obligeants de mademoiselle
Julienne, pour que le plan de Céline, qui
consistait à fuir sa tante, réussît. Bon
gré, mal gré, Céline dut donc continuer
d'entendre l'entretien auquel elle s'ob-
stinait à ne pas prendre part.

L'avouerons-nous? elle avait la sottise d'être mécontente de sa grand'tante,
parce que celle-ci était l'auteur invo-
lontaire du retard de son voyage! Sa
figure rembrunie et sa mauvaise humeur fixèrent l'attention de mademoiselle Julienne.

— Es-tu malade, petite? lui demanda-t-elle.

— Pas du tout, tante... mais...

Elle se préparait à débiter une impertinence. Sa mère, qui le devina, l'arrêta.

— Mais tu es fatiguée, n'est-ce pas? s'empressa-t-elle de dire. Hâtez le pas mes enfants, le déjeuner vous attend.

La troupe alerte ne se fit pas répéter un conseil qui était fort de son goût. Ce fut une course accélérée, accompagnée de cris joyeux, qui ne prit fin qu'aux abords d'une table bien servie. Si les fillettes avaient bon pied, elles avaient aussi bon appétit. Leur station fut longue devant le chocolat parfumé, la crème mousseuse, les confitures et les pâtisseries qui composaient leur repas matinal.

Un seul incident troubla le temps du

déjeuner. Berthe, par étourderie, renversa la moitié d'un bol rempli de café au lait sur la fraîche toilette d'Alice. Grande désolation de celle-ci, qui reprocha vivement à la petite maladroite l'accident qu'elle venait de causer. La pauvre Benjamine, tout en pleurs, courut se cacher sur les genoux de mademoiselle Julienne : « Je l'ai pas fait exprès! je l'ai pas fait exprès! » répétait-elle.

— Eh bien! eh bien! Qu'est ceci? fit la tante en rajustant ses lunettes. Voilà qu'on fait de la peine à mon petit ange!

— Elle a renversé son café sur la robe d'Alice, expliqua Céline en prenant un ton aigre.

— J'ai pas fait exprès... je t'assure... redit Berthe, bien honteuse.

— N'importe! riposta Céline. Tu as

taché la robe d'Alice... C'est très-vilain... Tu es une maladroite.

Je vous laisse à deviner si les sanglots de Benjamine redoublèrent à cette rude semonce. Céline parlait ainsi, non par amitié pour Alice ni par animosité contre sa sœur, mais simplement dans le but de mortifier la tante, qui cherchait à consoler Berthe. Voyez comme un contre-temps impatiemment supporté rendait Céline injuste.

Madame Villaret comprit le mobile qui l'inspirait, et en fut contristée. Elle la fixa; son visage, naturellement joli, était alors presque laid par suite de l'expression de dépit qui y existait. La bonté embellit les traits les plus irréguliers, et la malice produit l'effet diamétralement opposé sur les plus gracieux visages. N'avez-vous pas fait bien des fois cette remarque?

— Céline, dit froidement madame Villaret, nous ne te demandions aucune des explications que tu viens de fournir avec trop d'empressement.

Elle rougit sous le regard maternel, car elle se sentit devinée. Se tournant du côté opposé à celui que mademoiselle Julienne occupait, elle balbutia, d'un air bourru : « Elle me fait toujours gronder! »

Les mamans ont l'ouïe fine, dit-on : madame Villaret le prouva, car, quoique Céline eût plutôt murmuré que prononcé son impertinence, elle se leva, et, parlant bas à la rebelle, la menaça du cabinet noir, en cas de récidive.

Le cabinet noir!!! Aucune de vous, mes jeunes amies, je n'en excepte pas les plus sages, n'a été sans entendre au moins une fois résonner ce terrible mot à ses oreilles épouvantées : « Si tu continues, tu iras au cabinet noir! »

C'est bien honteux de mériter une station dans ce lieu de pénitence ; c'est bien honteux et bien triste, surtout à l'aurore d'un jour de fête !

Céline le comprit. Elle pressa la main de sa maman et y déposa furtivement un baiser. Oh! qu'elle avait peur!

« Grâce, petite mère, balbutia-t-elle d'un ton suppliant ; grâce ! »

Madame Villaret, depuis l'arrivée de mademoiselle Julienne, était très-mécontente de sa fille. Décidée à sévir au premier acte de rébellion qu'elle commettrait, elle lui répondit avec une fermeté inaccoutumée : « Grâce pour cette fois encore. Mais ne t'expose pas à une nouvelle punition, car je t'affirme que ni tes pleurs ni tes promesses ne me fléchiraient. »

La petite société, intriguée, cherchait

2

à saisir le sens du dialogue mystérieux;
elle n'y réussit pas.

Seule, Emilie comprit qu'il s'agissait
d'une punition encourue : le mot de
cabinet noir avait désagréablement
frappé son oreille. Redoutant au-dessus
de tout la suspension des plaisirs qu'elle
se promettait, elle prit Céline en parti-
culier, lorsqu'elles quittèrent la table.

— A quoi penses-tu? lui demanda-t-
elle avec le ton doctoral qu'elle adoptait
volontiers en semblable circonstance.

— A m'amuser! Puis-je penser aujourd'hui à autre chose?

— A t'amuser! dans le cabinet noir,
n'est-ce pas! Je trouve, moi, que ce
n'est pas du tout une demeure agréable.

— Tiens! Est-ce que tu as entendu
maman!

— Un peu, et ta figure m'a fait devi-

ner le reste. Ta maman avait l'air bien
mécontente de toi.

— C'est tante Julienne qui est la
cause de cela.

— Ne dis pas de mal de mademoiselle Julienne; je l'aime bien.

— Parce qu'elle t'a fait des compliments. Elle ne m'en fait jamais.

— En mérites-tu? Sans doute que
non.

En entendant cette vérité, qu'Emilie
prononça d'un air qui signifiait : « Ce
n'est pas comme moi, je suis sage, et
lorsqu'on me le dit, on ne m'apprend
rien, » Céline fut piquée.

— J'en mérite autant que toi, répliqua-t-elle d'un ton boudeur.

— Peut-être! répondit Emilie, qui
comprit sa sottise. Mais, que veux-tu!
mademoiselle Julienne ne partage pas
notre avis.

— Je n'y tiens pas... Parlons d'autre chose.

— Parlons de jouer. Voilà ces demoiselles qui commencent sans nous une partie de quilles. Vite, en marche. Ne perdons pas le temps à nous quereller.

Des jeux divers s'organisèrent, et le plaisir que les enfants y prirent leur fit oublier les incidents du déjeuner. Alice, devenue raisonnable, ne songeait plus à la crème qui avait détérioré sa jolie robe. Pour prouver à Berthe son regret des reproches irréfléchis qu'elle lui adressait une heure plus tôt, elle l'entourait de prévenances, mettait les cinq ans de celle-ci sous la protection de ses huit ans, à elle.

Quand au détour d'une allée on voyait paraître le costume azuré d'Alice, on apercevait en même temps le grand chapeau de paille et la robe blanche de Berthe. La conduite d'Alice prouvait son bon naturel et son attention à écouter la voix de sa conscience.

« Enfant, lui avait dit cette voix, de vaniteuse tu es devenue colère et injuste. Qu'est-il résulté de ton emportement au sujet d'une bagatelle? Un chagrin pour Berthe, une occasion d'être méchante pour Céline, et une peine pour madame Villaret. Répare ta faute en étant gentille avec Berthe, et ne te rends pas plus longtemps esclave d'une toilette qui te cause plus d'embarras que de plaisir. »

Alice suivit ces inspirations; le rayonnement de son visage et la limpidité de son regard prouvaient que sa docilité à les suivre la rendait heureuse.

Quand une faute vous échappera,

mes enfants, imitez Alice. Ne demeurez pas dans le mal; demandez vite pardon au bon Dieu et à la personne que vous aurez offensée; ainsi, vous deviendrez sages, et chacun vous aimera.

Céline ne suivait pas l'exemple de sa petite compagne; elle se trouvait dans de mauvaises dispositions qu'elle ne paraissait point décidée à combattre. Sa transformation de brebis en loup était frappante et triste. Quelle en était la cause? Un simple contre-temps.

Depuis le commencement des vacances, elle se berçait de l'agréable espoir d'un séjour en Normandie, et voilà que, à la veille du départ, surgit un obstacle dans la personne de mademoiselle Julienne! Depuis longtemps invitée par les parents de Céline, la grand'tante s'était enfin décidée à quitter, pour les

venir voir, son clocher chéri, malgré
ses quatre-vingts ans et ses douleurs de
rhumatisme. Sa présence, à une autre
époque, eût été bien agréable pour Céline, mais..... le voyage manqué!!! Elle
n'y songeait pas sans un regret amer,
et ne se consolait pas du contre-temps
qui renvoyait la réalisation de ses gais
projets à une autre année.

Sa grand'tante, le meilleur cœur du
monde, lui apporta, ainsi qu'à Berthe,
de fort jolis cadeaux; elle les reçut avec
indifférence, car déjà madame Villaret
lui avait dit : « Céline, nous ferons
notre voyage plus tard. J'ai beaucoup
engagé mademoiselle Julienne à nous
accompagner, mais cela lui est impossible, et je comprends ses raisons. Ainsi,
mon enfant, ne montre pas ta contrariété et ne parlons plus de nos projets
retardés devant la tante. Tes discours

imprudents lui feraient certainement de la peine. »

Madame Villaret fut extrêmement mécontente de l'attitude maussade de Céline en recevant les présents de mademoiselle Julienne. Elle l'en réprimanda sévèrement quand elle trouva l'occasion de l'entretenir seule. Loin de montrer le moindre repentir, la coupable débita, avec un désagréable accompagnement de sanglots, et..... quelle horreur! de coups de pied fortement appliqués sur le sol, qui en tremblait (n'était-ce pas d'indignation?), débita, disions-nous, mille sottises.

La maman, qui avait eu jusqu'alors la faiblesse de gâter un peu sa fille, éprouva une vive contrariété et résolut d'être plus ferme à l'avenir. Elle commença (déjà Céline nous l'a raconté) par menacer de suspendre la fête dont l'attente faisait battre de joie les cœurs des invitées. L'effet de cette menace fut immédiat : le loup redevint mouton, et la punition annoncée n'eut pas lieu.

L'entretien d'Emilie et de Céline raviva la mauvaise humeur de celle-ci. En effet, entendre constamment autrui parler d'un plaisir dont on est privé soi-même, n'est pas précisément agréable; et Emilie, par étourderie et non par malice, revenait toujours à son fameux voyage. Elle se posait en orateur, et discourait à perdre haleine pendant les intervalles nécessaires qui existaient entre les jeux divers auxquels les enfants se livraient.

— Tel jour, je passerai par Le Mans, dit-elle après beaucoup de détails insignifiants, au cercle qui l'entourait et l'écoutait comme un oracle.

— Le Mans ! Qu'est-ce que cela ? de-

manda la Benjamine en croquant un
fondant rose et parfumé. Est-ce une
ville ou un bourg?

— C'est ainsi que tu connais ta géographie, Berthe? observa Emilie en
riant aux éclats.

— Petite cousine n'est pas savante,
dit à son tour Louise, âgée de six ans.

—L'es-tu davantage? répliqua Céline
en rougissant d'entendre sa sœur trai-
tée d'ignorante. Montre-nous ta science,
et apprends à Berthe si Le Mans est
une ville ou un village.

— Ni l'un ni l'autre, affirma Louise
avec aplomb.

— Ah! ah! ah! s'écrièrent les grandes, en jetant des éclats de rire qui ré-
jouirent les échos des alentours; Louise
est-elle amusante! Voyons, qu'est-ce
que Le Mans? Nous t'écoutons, tout
oreilles. Approche, Berthe. Ta maîtresse

de géographie va te donner une leçon.

— Eh bien!... je ne dirai rien, puisque vous vous moquez, dit Louise, tout-
à-coup saisie d'une forte envie de
pleurer.

Non, non, je ne parlerai pas!

— Comme tu voudras! répliqua sè-
chement Céline.

— Ma petite Louise, supplia Berthe
en saisissant Louise par sa robe, dis-le-
moi, je t'en prie... à moi toute seule,
bien bas..... Prends des bonbons...
tiens, prends... tout plein, tout plein!...

Louise n'était pas méchante; les dou-
ces prières de la Benjamine la fléchi-
rent. Se penchant à son oreille, elle
dit :

— Tu ne le répèteras pas, bien sûr!

— Oh! que non..... puisque je te le
promets!

— Eh bien! le Mans est un départe-

ment qui a pour chef-lieu..... la Sarthe...

Sans que les petites s'en aperçussent,
Céline écoutait, ce qui était laid; mais,
ce qui fut beaucoup plus laid, c'est que,
pour taquiner Louise, elle monta sur le
banc, prit une pose de maîtresse de
classe, et prononça, avec un accent mo-
queur :

— Voici, Mesdemoiselles, la leçon
de géographie que ma cousine vient de
donner à ma sœur : « Le Mans n'est ni
une ville ni un village, c'est un département qui a pour chef-lieu la Sarthe !... »

Elle se rassit au bruit des éclats de
rire que son espièglerie provoqua.
Seule, Louise ne riait pas. Humiliée de
servir d'objet de dérision, elle se sauva,
se cacha dans un coin et fondit en larmes.

— Mauvais caractère! dit Céline

— Pourquoi lui faire de la peine? répliqua tristement Alice.

— Va vite la consoler, Alice, ordonna Emilie, et ramène-la près de nous. Que dirait madame Villaret si, arrivant à l'improviste, elle la trouvait tout en larmes.

— J'y cours, répondit la bonne petite Alice. Viens-tu, Berthe?

— Oui, oui, je te suis. Elle me fait pitié, cette pauvre Lili.

La grande prit la petite par la main, et, de concert, elles supplièrent Louise, qui était fort humiliée, de revenir à sa place.

Moitié de gré, moitié de force, Louise se laissa traîner par les gentilles ambassadrices qu'on lui avait adressées; son visage boudeur et ses yeux gonflés lui

3

attirèrent un conseil de la présidente
Emilie.

Se posant en juge, et avec la gravité
compatible avec ses dix ans :

— Louise, prononça-t-elle, tu n'es
pas raisonnable. Nous sommes ici pour
nous amuser, et non pour nous bouder.
Tu l'oublies, je crois.

— Céline a été méchante, répondit
Louise en cherchant à s'excuser.

— Elle a été taquine, riposta le docteur
en jupons, et toi boudeuse. Si tu avais
eu un bon caractère, au lieu d'aller
pleurer dans un coin, tu aurais partagé
notre gaieté. Maintenant, Louise, cau-
sons du Mans. Tu as tout bonnement
changé les noms et mis A pour B, et B
pour A; comprends-tu? La Sarthe est le
département, et le Mans le chef-lieu.

— Je savais bien que, dans ma géographie, la Sarthe et le Mans étaient

ensemble, répliqua Louise, déridée par la harangue d'Emilie.

— Assurément, Lili. Mais tu prenais le poisson pour le fleuve, et le fleuve pour le poisson, ce qui n'est pas semblable.

CÉLINE. — Après avoir visité le Mans, où iras-tu, Emilie ?

EMILIE. — A la Flèche, puis à Sablé, où je resterai quinze jours chez une de mes tantes.

CÉLINE. — Que tu es heureuse ! Je donnerais volontiers ma grande poupée parlante pour faire aussi mon voyage.

EMILIE. — Pour toutes les poupées du monde je ne renoncerais au mien.

CÉLINE. — J'y suis bien obligée, moi ! et pour rien du tout, encore !...

BERTHE, *avec ennui.* — Tu parles toujours de ton voyage, Céline, et tu ne nous fais pas jouer !... Jouons-nous ?...

EMILIE, *en prenant la Benjamine sur ses genoux.* — De son voyage en Normandie, n'est-ce pas, mignonne? Dis-nous ce que c'est que la Normandie, puis nous recommencerons une partie de cache-cache.

BERTHE, *relevant la tête avec une importance comique.* — La Normandie? C'est le pays de mon papa et du bon cidre..... Jouons à cache-cache..... Qui est le loup?...

La clochette, appelant les enfants à table, suspendit la partie annoncée. L'exercice aiguise l'appétit : les enfants le prouvèrent.

En vidant un verre de cidre mousseux et parfumé, Emilie interpella Berthe, placée à l'extrémité opposée de la table :

— Est-ce du cidre de Normandie? lui demanda-t-elle.

— Mais oui, riposta fort sérieusement
la petite ; c'est du cidre du pays à mon
papa !...

— Qu'est-ce, Emilie? interrogea
madame Villaret en souriant.

Enchantée d'avoir provoqué l'attention générale, Emilie raconta la défini-
tion de la Normandie, d'après Berthe,
« le pays du bon cidre et de mon papa,»
ce qui amusa beaucoup monsieur et
madame Villaret.

— Et Louise?... dit à son tour Céline,
qui n'avait jamais montré son humeur
sous un jour aussi défavorable qu'en la
présente journée.

Louise fixa son assiette avec embarras et devint cramoisie au souvenir de
la fameuse leçon de géographie; les
grandes se mirent à rire. La prudente
Emilie conserva, seule, sa gravité. Redoutant pour Céline une punition sem-

blable à celle dont elle avait été menacée le matin, elle la conjura, par un signe éloquent, de ne rien dire, et l'incident n'eut pas de suites.

On avait promis aux enfants une promenade en bateau; avec une touchante unanimité, elles réclamèrent, à l'issue du dîner, l'exécution de cette promesse. La plus agréable récompense que M. Villaret pouvait donner à ses filles était de les embarquer dans la frêle nacelle qu'il dirigeait lui-même.

C'est en effet si joli de glisser sur le cristal limpide d'une paisible rivière, en suivant du regard les ondes qui miroitent au soleil, les poissons dorés qui frétillent, les arbres de la terre et les nuages du ciel qui se considèrent en tremblant dans le miroir humide !

— Nous ferons deux voyages, Mesdemoiselles, dit monsieur Villaret.

— Pourquoi cela, papa? demanda Céline. Il serait bien plus gentil de traverser la rivière ensemble et d'arriver en même temps au Genêt, maison de campagne où on devait passer la soirée.

— Voilà qui est bien parlé, Céline... Voyons, combien sommes-nous?

— Onze, papa, répondit la fillette en s'apercevant que le « voilà qui est bien parlé » de son père tenait de l'ironie.

— Onze! Et la nacelle contient?...

— Six places... je crois... Ne pourrait-on presser les rangs?...

— Parfaitement! Cela serait même, à mon avis, un moyen expéditif de couler tout de suite à fond. Une noyade générale... y êtes-vous disposées, Mesdemoiselles?

TOUTES ENSEMBLE. — Non! non! non!

—Cela ne m'étonne pas. Puisque vous ne voulez pas presser les rangs pour éprouver le déplaisir de couler à fond, les plus raisonnables d'entre vous se dévoueront et attendront que j'aie conduit les moins sages au Genêt, pour y venir à leur tour. Consultez-vous, mes enfants.

Ainsi interpellées, ces demoiselles, avec une aussi touchante unanimité que, un peu plus tôt, pour réclamer la promenade en bateau, gardèrent un profond silence. Mettant l'amour-propre de côté, elles ne tenaient pas à passer pour raisonnables, pourvu qu'elles partissent les premières. En considérant ces petites têtes brunes et blondes devenues tout-à-coup pensives à sa proposition, monsieur Villaret, riant sous

cape, échangea avec madame Villaret
et mademoiselle Julienne un regard qui
signifiait : « Comment vont-elles sortir
de là? »

— Que décidez-vous enfin, Mesdemoiselles? dit-il en s'adressant particu-
lièrement aux grandes. Que quatre
d'entre vous (je parle aux raisonnables)
lèvent la main ; elles seront de la seconde
traversée.

Toutes se regardèrent avec hésitation ·
aucune main ne se leva.

— On tirera au sort, fit à son tour
madame Villaret, que cette plaisante
étude de mœurs enfantines amusait
beaucoup.

A ces mots, Emilie comprit qu'elle
allait laisser à monsieur Villaret et à
ces dames une mince opinion de sa sagesse tant vantée. « Si le sort me dési-
gne comme seconde passagère, pensa-

t-elle, je subirai l'ennui sans compensation. Il vaut mieux que je prenne le devant. »

— Je serai du second voyage, prononça-t-elle avec enjouement.

— J'étais sûr de mademoiselle Emilie, observa la grand'tante.

— J'en serai aussi, ajouta Céline, ne voulant pas demeurer au-dessous de son amie.

— Et de deux ! s'écria monsieur Villaret.

— Moi aussi ! moi aussi ! dirent en même temps Alice et Berthe.

— Et de quatre ! Arrêtez-vous, Mesdemoiselles, le partage est égal. Allons, les premières passagères, en avant !...

Les quatre moins raisonnables ne se firent pas répéter l'injonction de monsieur Villaret. Elles mirent leurs chapeaux en un clin d'œil, se munirent de manteaux pour le retour, et, se consolant d'avoir perdu leur brevet de sagesse, elles devinrent les ombres fidèles de leur futur batelier.

D'un pied léger, elles sautèrent dans la frêle nacelle, accompagnées de monsieur Villaret, qui ramait, et de madame Villaret, qui les surveillait, occupation fort importante, je vous assure.

Déjà elles voguaient au loin, et leurs compagnes, restées au bord de l'eau, entendaient encore leurs cris de joie.

Avant le départ, madame Villaret recommanda vivement Céline et ses trois compagnes à la surveillance de mademoiselle Julienne. « Surtout ne les laissez pas courir, ni s'échauffer au jeu, » dit-elle à plusieurs reprises.

— Pourquoi ne voulez-vous pas que

nous nous amusions, maman? demanda
Céline, qui était présente.

— Pourquoi? ma fille, répliqua madame Villaret : parce qu'il est on ne
peut plus dangereux de changer brusquement de température. Il fait toujours frais aux abords de l'eau. Si tu
t'échauffais par une course accélérée
avant de monter dans la nacelle, quels
accidents n'affronterais-tu pas? La mort,
peut-être! Tu ne serais pas la première, chère petite, qui paierais de ta
vie un refroidissement subit. Obéissez
aveuglément à vos parents, mes enfants,
termina madame Villaret en s'adressant au groupe qui l'écoutait avec une
profonde attention; ne vous inquiétez
pas des raisons qui les engagent à vous
défendre telle chose plutôt que telle
autre, et vous n'aurez jamais lieu de
regretter votre soumission.

Que faire lorsqu'on a huit ans, l'amour immodéré du jeu et trois compagnes dans les mêmes conditions à ses côtés? Tel était le cas de Céline. Il n'y avait pas moyen; fort heureusement pour elle, d'enfreindre la défense de madame Villaret, car mademoiselle Julienne, laissant momentanément de côté sa sempiternelle estame, exerçait une surveillance à laquelle il était impossible d'échapper.

Paisiblement installées sous une fraîche tonnelle, nos quatre fillettes et la grand'tante causaient du plaisir de la promenade champêtre qu'elles étaient sur le point d'effectuer. Emilie, qui n'avait pas encore parlé de ses projets de voyage à mademoiselle Julienne, trouva l'occasion favorable pour l'en entretenir.

Le terrain était brûlant pour Céline.

Une idée la saisit tout-à-coup : « Mes
parents m'ont expressément défendu de
causer de notre voyage projeté devant
tante, pensait-elle. Ils m'ont dit que
cela était inconvenant. Si je mettais
leur absence à profit pour décider mademoiselle Julienne à nous accompagner!... En lui découvrant toute ma
contrariété, je crois que je la fléchirai.
Il faut que j'essaie! »

— Tante, dit-elle d'un ton câlin,
que vous seriez aimable si vous con-
sentiez à venir avec nous là-bas!...

— Là-bas! Où cela, mon petit ange?
demanda la tante.

— Vous savez bien, tante... à Caen,
chez bonne-maman Villaret.

— Ma chère amie, tu oublies mes
quatre-vingts ans et mes rhumatismes.
Déjà, mon Dieu! quel désir de vous voir

il m'a fallu pour me décider à effectuer quarante lieues en chemin de fer.

J'en suis encore toute courbaturée. Croiriez-vous, Mesdemoiselles, que le sifflement de la locomotive m'a poursuivie pendant deux jours, au point que je me figurais sans cesse être dans le voisinage de cet affreux express.

— Vous vous y accoutumeriez, je vous assure, poursuivit Céline. Dites, je vous en supplie, venez avec nous! (*Poussant un profond soupir.*) Je me faisais une si grande fête de partir!... (*Joignant les mains.*) Si vous vouliez, il n'y aurait rien de changé!...

— Je le désire, Céline, mais comment faut-il m'y prendre?

— Il faut nous accompagner : c'est bien facile.

Elle se jette au cou de mademoiselle Julienne et l'embrasse si fort qu'elle fait instantanément tomber ses besicles d'argent.

Emilie, fort intriguée de l'issue qu'aurait cette scène imprévue, s'empressa de les relever, prévenance dont mademoiselle Julienne fut très-flattée.

— Merci, mignonne, lui dit-elle gracieusement.

— C'est bien facile à moi, prétends-tu, de vous suivre à trente lieues d'ici, reprit-elle en s'adressant à Céline. Je ne suis pas de ton avis.

— Vous vous déciderez, tante, il faut que vous vous décidiez! Dites-moi que oui, je vous en supplie... Vous viendrez, n'est-ce pas? Je vous aimerais tant, ma bonne tante..... Vous avez dit oui... Je vous ai vue... Vous venez de faire un signe d'acquiescement... Oui! c'est oui! Dieu! quel bonheur! nous partirons!

Rougissante et émue, elle embrassa sa tante au moins dix fois pour la remercier, puis elle se mit à danser comme une petite folle, en répétant : « Tante a dit oui... ô bonheur !... nous partirons !... »

Déception ! Le désir que Céline éprouvait d'extorquer le consentement de mademoiselle Julienne lui faisait prendre pour une affimative ce qui était simplement un geste... d'ennui ! Très-contrariée de ses instances, sa tante était également froissée de jouer ainsi, sans le savoir, le rôle de trouble-fête, rôle qu'elle détestait au suprême degré. Monsieur et madame Villaret le savaient ; aussi, par affection et par respect, s'étaient-ils soigneusement abstenus de lui faire sentir que son arrivée tout-à-fait imprévue entravait leurs projets. Qu'ils eussent été mécontents

de Céline s'ils avaient entendu ses indiscrètes sollicitations! L'enfant comprenait l'excès de son inconvenance,
puisqu'elle mettait à profit leur absence
momentanée pour harceler sa bonne
vieille tante.

Celle-ci, embarrassée des instances
dont elle était l'objet, réfléchissait aux
moyens à prendre, pour sortir d'une
pareille impasse.

— Je n'ai pas dit oui, ma Céline,
répliqua-t-elle. J'en ai bien du regret,
mais cela ne se peut.

— Cela ne se peut! répéta l'enfant,
dont la joie démonstrative se changea
tout-à-coup en une moue des plus si-
gnificatives. Pourquoi, tante? tu veux
donc me rendre malade de chagrin...

— Tu ne seras pas malade, il y a
moyen de tout arranger. Si j'avais su
que ce voyage te tenait tant à cœur,

j'aurais pris plus vite un parti; je l'ignorais. Tes parents, qui pensent bien qu'une pauvre vieille infirme ne peut courir sans cesse sur les chemins comme une jeunesse de vingt ans, ne m'avaient pas instruite de ta grande contrariété. Je leur en ferai des reproches...

— De grâce, tante, supplia Céline en rougissant jusqu'au blanc des yeux et en joignant les mains, de grâce, ne dites pas à papa que je vous ai tourmentée! Il me l'avait tant défendu!... Je serais mise au pain sec et à l'eau, bien sûr!...

— Je ne viens pas d'aussi loin pour te faire gronder, Céline, répliqua mademoiselle Julienne d'un ton attristé. Je ne dirai donc rien. Quand finissent tes vacances?

— Dans trois semaines... Nous devions les passer à Caen.

— Rien n'est changé, Céline, je pars après-demain.

EMILIE, *bas à l'oreille de Céline, qui baisse la tête toute confuse de son triste succès.* — Oh ! Céline, que c'est mal ! Je me retiens pour ne pas pleurer... Je ne t'aime plus !...

Berthe, qui ne prêtait aucune attention à ce que disait sa sœur, dressa l'oreille quand mademoiselle Julienne parla de départ.

— Tu dis ?... cria-t-elle en grimpant sur les genoux de la tante.

— Que je retourne après-demain en Bretagne, répondit celle-ci d'une voix chevrotante... d'où je n'aurais pas dû sortir, ajouta-t-elle en manière d'a-parté.

Elle était triste, car elle se plaisait au milieu d'une famille qu'elle chéris-sait, et dont elle était aimée. A quatre-vingts ans, entreprendre un long et fatigant voyage pour un séjour aussi bref, c'était en vérité bien dur. Voyez, mes enfants, les résultats de l'égoïsme. Céline, jusqu'alors, n'avait jamais commis ce que vous connaissez sous le vilain nom de méchanceté, et voilà qu'elle y est amenée par un amour désordonné de satisfaction personnelle.

Elle est devenue coupable, parce qu'elle a trop songé à elle et trop peu à la tranquillité de ceux qui l'entourent.

Vous la blâmez, bien sûr, et vous plaignez la bonne vieille tante Julienne. Vous vous dites : « Jamais nous n'imiterons Céline. » Vous avez raison, enfants. Oh ! ne soyez point égoïstes!...

— Je te dis que tu ne nous quitteras pas sitôt, affirma Berthe avec une adorable gentillesse ; je saurai t'en empêcher, va !

— Il le faut, ma Benjamine, il le faut, répliqua la tante.

— Comme cela, tu t'en vas?... Tout vrai!...

— Mais oui! Après-demain soir, tu ne me verras plus.

Berthe, que le ton sérieux de mademoiselle Julienne intimidait, ne put retenir ses larmes. En baissant sa petite tête blonde pour pleurer à l'aise, elle heurta, comme Céline, peu de temps auparavant, les lunettes de la tante, qui tombèrent une seconde fois. Céline, avec une mine confuse, car elle éprouvait de vifs remords au sujet de sa malice, les releva, et, timidement, les rendit à leur propriétaire.

— Merci ! ma chère, lui dit-on froidement sans la regarder.

Son cœur se serra. Déjà elle endurait

le châtiment que toute méchante action emporte à sa suite.

BERTHE, *fixant sur sa tante ses grands yeux bleus noyés dans les larmes.* — Tu ne nous quitteras pas, car je m'attacherai à toi!

Mlle JULIENNE, *avec un attendrissement visible.* — Je t'emmènerais avec joie, mon petit ange; tu as bon cœur... je t'aime bien.

Elle la retint longtemps sur ses genoux, et, pour la consoler, lui raconta un très-joli conte intitulé : Persinette, ou la Fille du roi.

Céline était au supplice. Elle se sentait l'objet du blâme général, et sa conscience lui affirmait que ce blâme était mérité.

Emilie la regardait avec une sorte d'éloignement; mademoiselle Julienne et Berthe ne la regardaient pas du tout;

quant à la bonne petite Alice, par suite
de la scène attristante que nous avons
racontée, elle ne savait quelle conte-
nance tenir et avait perdu toute sa gaîté.
De jeu, il n'était plus question. Aux
rondes rapides, tant défendues et tant
regrettées, on ne songeait pas. C'était
à qui, des trois fillettes, témoignerait le
plus de déférence à mademoiselle Julienne. Les bonnes natures cherchent à
se rapprocher des gens qui souffrent, à
leur faire comprendre qu'elles compa-
tissent à leurs peines : c'est ainsi qu'a-
gissaient, à l'égard de la pauvre tante,
Emilie, Alice et Berthe.

Céline, restée à l'écart, se leva.

— Où vas-tu? lui demanda tout de
suite mademoiselle Julienne.

— Tante, répondit-elle avec soumission, j'ai oublié mon manteau à la maison. Je vais le chercher, pour ne pas

faire attendre papa quand il viendra nous prendre.

Et elle s'éloigna.

— Avez-vous vos chapeaux et vos pardessus, mes enfants? dit la tante aux trois fillettes restées à ses côtés. Etes-vous prêtes à monter dans la nacelle? Céline a raison. Monsieur Villaret ne tardera pas à revenir, et il faut vous garder de le faire attendre.

— Nous sommes entièrement prêtes, répondirent les enfants.

— Si nous allions du côté de la rivière? continua Berthe.

— Nous attendrons Céline, répondit mademoiselle Julienne.

— Alors, tante, répliqua Berthe, il faut finir votre beau conte.

Mademoiselle Julienne continua donc de narrer les aventures surprenantes de la princesse Persinette. Pendant ce

4

temps, Céline, malgré la défense qu'on lui en avait faite, courait à perdre haleine vers l'appartement où était déposé son manteau. Elle l'atteignit, et, au lieu de retourner ensuite au lieu où ses compagnes l'attendaient, elle s'assit et se prit à réfléchir.

Depuis le dîner, elle mûrissait un projet que le désœuvrement lui avait inspiré. Ce projet n'était assurément pas d'exécution facile, car, la tête dans sa main, Céline paraissait fort perplexe. « Si Emilie ne me boudait pas, pensait-elle, je la mettrais dans ma confidence; à nous deux, nous réussirions. »

Un léger aboiement se fit alors entendre, et la plus jolie chienne du monde parut aux yeux de Céline : c'était Sultane, sa favorite, et... l'objectif de son fameux projet.

Figurez-vous une bête au poil long, soyeux, frisé et noir comme l'ébène, aux crocs blancs et aigus, au museau rosé, à l'oreille fine, au regard bien doux, et vous aurez une idée de Sultane. Elle est grosse comme un bon chat, câline, douillette ; elle aime les caresses au-dessus de tout, à moins cependant qu'elle ne leur préfère, à certains moments, les friandises. Ni des unes ni des autres, sa petite maîtresse ne la prive : jamais membre de la race canine ne fut plus gâté. Le sucre, la crème et les gâteaux ne sont pas pour elle des douceurs inconnues. Les compliments lui sont aussi devenus assez familiers pour qu'elle les reçoive parfois avec une superbe indifférence.

Pourquoi n'avez-vous pas encore vu figurer Sultane en la société des enfants, qui en auraient fait leurs délices?

Un grand accident seul a causé cette absence. La veille au soir, un gros pied maladroit a pesé sur la petite patte de Sultane, et elle boite bien bas. Que de plaintes elle a fait entendre! Avec quelle impatience elle supporte son infirmité passagère!

Quel était donc, à l'égard de notre intéressante bête, le projet de Céline? Elle voulait d'abord l'embarquer en sa société et la conduire au Genêt. Jusque-là, rien que de simple, trop simple même pour préoccuper un instant notre entreprenante fillette. Que prétendait-elle encore? Cacher Sultane dans les plis de son manteau et n'en faire l'exhibition qu'à un moment donné, au milieu de la promenade; par exemple, quand on serait en pleine rivière. Quel étonnement, quels cris joyeux, quels rires bruyants provoquerait la vue spontanée de la jolie bête! Comme les compagnes de Céline admireraient sa discrétion, son esprit inventif et son habileté à créer d'amusantes surprises! Emmener Sultane, la cacher, l'empêcher avec adresse de manifester sa présence avant le moment arrêté; se soustraire, pour accomplir les préparatifs de son espièglerie, à la surveillance de mademoiselle Julienne, tout cela était déjà difficile, Céline le comprenait. Pourtant là ne s'arrêtait pas le rêve de son imagination : elle voulait habiller Sultane.

Habiller Sultane!!! Telle était l'entreprise périlleuse à laquelle notre jeune téméraire réfléchissait depuis le dîner, et qui l'embarrassait très-fort. Ce n'est pourtant pas difficile, penserez-vous, de faire la toilette d'un chien; nous nous étonnons vraiment de la grande hésitation de Céline. Nous allons vous expliquer la cause de cette hésitation.

Berthe, ayant failli plusieurs fois étrangler Sultane en serrant outre mesure les cordons de son képi, avait, par son étourderie, engagé madame Villaret à cacher l'accoutrement en question.

Céline savait parfaitement où il était, science même qui faisait son tourment. Pourquoi cela? Parce que, se défiant de l'imprudence de ses filles, madame Villaret l'avait mis tout au haut d'un placard dont elle gardait ordinairement la clef.

Céline donc était fort perplexe. L'attrait du fruit défendu lui faisait concevoir un désir ardent de posséder le képi doré et le petit manteau rouge; mais comment s'y prendrait-elle pour atteindre son but? Elle commence par cher-

cher la clef : où est-elle? Sa maman,
assurément, ne l'a pas emportée.

Elle regarde, *furète*, visite les tiroirs,
et finalement la découvre sous le socle
de la pendule. D'une main tremblante,
car elle sent qu'elle commet une action
répréhensible, elle ouvre le placard et
l'explore du regard. L'or du képi et
l'incarnat du manteau l'éblouissent.
Elle rougit d'aise : « Les voilà, tout en
haut... comment m'y prendre? » se demanda-t-elle. C'était difficile, en effet,
mais nul obstacle n'impose silence à
son caprice dangereux.

Elle approche une table et grimpe
dessus. Elle se hisse sur la pointe des
pieds et allonge démesurément les bras.
Vains efforts! elle reste à vingt centi-
mètres au moins des objets désirés.

« Que c'est ennuyeux! que c'est ennuyeux! murmure-t-elle, au comble de

l'impatience. Comment m'y prendre? comment me tirer de là? Ah! que je suis folle! En mettant une chaise sur la table, je serai juste assez grande. »

Aussitôt pensé, aussitôt exécuté. Elle grimpa sur le fragile échafaudage : la voilà au comble de ses désirs. Agile comme un écureuil, elle ne tremble même pas.

Sultane la contemple d'un air ahuri. Soupçonne-t-elle le danger qu'elle court? (Les bêtes ont parfois tant de tact.) Elle le soupçonne assurément, car, soudain, elle aboie avec une sorte de frénésie, comme si elle grondait très-fort. Céline jette un éclat de rire en l'entendant.

« Ah! bébête, s'écrie-t-elle en la luunant du regard, tu te fâches au moment où je me donne tant de peine pour toi. Tiens, reçois! Voyons, prends!

manteau! képi! Attrape! Ma jolie petite Sultane, allons-nous rire! »

Elle jette sur le museau effarouché de la pauvre bête les objets qu'elle vient d'atteindre après un mal infini. Soudain, un double cri d'effroi se fait entendre. Sultane pousse un gémissement douloureux; Céline, qui se voit lancée dans le vide sans pouvoir conjurer l'accident, murmure d'une voix terrifiée : « Oh! mon Dieu! maman, où êtes-vous? et moi!... »

L'échafaudage s'écroule, et la téméraire, précipitée avec une violence inouïe, tombe comme une masse aux pieds de sa petite favorite. Le sang jaillit instantanément, car Céline, dans sa chute, s'est fait au sommet de la tête une large blessure. Etourdie par la violence du choc et la terreur profonde qui en est résultée, elle perd connais-

sance. Sultane, poussant à de courts
intervalles des gémissements lugubres,
se couche sur le corps de Céline, lui
entoure la tête de ses pattes et lui lèche
les mains en la regardant avec une
tendre pitié. C'était un tableau tou-
chant et triste à la fois.

Arrêtez-vous-y un instant, mes enfants, non pour vous impressionner
douloureusement, mais pour prendre,
en face de la pâle victime de l'imprudence, la ferme résolution de ne jamais
faire en l'absence de vos mamans ou
des personnes commises à votre garde,
ce que vous ne feriez pas en leur présence.

..... — Que devient donc Céline? demanda mademoiselle Julienne, lorsque
le temps nécessaire à la recherche du
manteau fut écoulé.

— Je ne sais, Mademoiselle, répondit Emilie; je trouve, comme vous, qu'elle est bien longtemps. Voulez-vous que j'aille à sa rencontre? Je serai de retour avant cinq minutes.

— Merci, mademoiselle Emilie. Tenez, je préfère que nous allions ensemble. Suivez-nous, Alice, et toi aussi, Berthe.

La petite troupe se mit en marche.

— Céline! Céline! criait-elle à tue-tête. L'écho seul redisait : « Line... line... » et celle qu'on appelait demeurait muette.

— Ecoutez un peu, mes enfants, dit mademoiselle Julienne, que l'inquiétude envahissait.

— Quoi, Mademoiselle?

— N'entendez-vous pas des plaintes? tenez, elles partent de la fenêtre du milieu, au premier étage.

— C'est de la chambre de maman, alors, dit Berthe.

—Ce que vous prenez pour des plaintes, Mademoiselle, expliqua Emilie, sont les aboiements d'un chien.

— De Sultane, ajouta Berthe; je reconnais sa voix.

— On dirait que la pauvre bête pleure, observa mademoiselle Julienne. Hâtons le pas, mes enfants. Je redoute un malheur.

Elles marchèrent plus vite et crièrent plus haut : « Céline! Céline! » sans obtenir d'autre réponse que les gémissements redoublés de Sultane. Au moment où mademoiselle Julienne, suffoquée par une course forcée et bouleversée par la crainte d'un accident quelconque, était près du logis, monsieur Villaret descendait sur le rivage. Il appela bruyamment la société qu'il voyait fuir à son approche, ne pouvant comprendre le motif d'une pareille retraite à un semblable moment. Aux éclats de sa voix stridente, mademoiselle Julienne, se détournant, agita son mouchoir blanc pour lui faire signe qu'une cause imprévue l'empêchait de répondre à son invitation. Le père de Céline, à son tour saisi de crainte, amarra la nacelle et se précipita sur les pas de la tante et des trois fillettes. Emilie, dont la course rapide ne souffrait aucune concurrence, entra la première dans la chambre de madame Villaret. Qu'on juge de son saisissement quand elle aperçut Céline, étendue sans apparence de vie sur le parquet, et Sultane, dont l'attitude désespérée révélait la vive douleur! Elle ouvrit brusquement la fenêtre et jeta un cri si perçant qu'il glaça la tante et les

deux enfants qu'elle tenait par la main.
« Accourez, accourez vite... dit-elle, il
y a un grand malheur d'arrivé!... »

S'agenouillant ensuite auprès de sa
jeune compagne, elle sanglotait en lui
prenant les mains.

« Es-tu morte?... Céline, balbutiait-
elle. Si tu vis, si tu m'entends, regar-
de-moi! Mon Dieu! elle ne me dit rien...
ses yeux sont vitreux... elle est morte...
ô mon Dieu!... »

Céline ne pouvait ni voir ni parler,
puisqu'elle avait perdu l'usage du sen-
timent. Si Emilie avait été plus expé-
rimentée, elle aurait été convaincue
qu'elle n'était pas morte (car son petit
cœur battait encore), mais seulement
évanouie.

M. Villaret avait entendu le cri dé-
chirant d'Emilie. La terreur lui donnant des ailes, il vola plutôt qu'il ne

ha vers le théâtre de l'accident
qu'il redoutait, et pénétra presque en
même temps que mademoiselle Julienne dans la chambre où était la
blessée. Déjà la tante, aidée des enfants,
soulevait la tête de Céline, étanchait le
sang qui ruisselait dans ses cheveux,
et examinait sa blessure.

La pauvre petite était toujours sans
connaissance et blanche comme une
statuette en cire. Monsieur Villaret
comprit en une seconde ce qui avait dû
se passer. Le placard ouvert, la chaise
brisée, la table renversée, Sultane, le
képi et le manteau lui révélèrent la
désobéissance dont les fruits étaient si
amers pour l'imprudente qui s'en était
rendue coupable. Sur trois chutes de ce
genre, deux devaient être mortelles, et
la troisième rendre sa victime infirme
pour le reste de la vie. Le pauvre père

pâlit et trembla ; ses yeux noyés de larmes s'élevèrent vers le ciel : « Merci, mon Dieu, murmura-t-il, merci d'avoir sauvé les jours de mon enfant. C'est un miracle de votre bonté qu'elle ne se soit pas tuée sur le coup ! »

Mademoiselle Julienne attribuait aussi à l'intervention de la Providence la conservation des jours de Céline, qui, pensait-elle, aurait dû se tuer dix fois pour une, étant tombée d'une manière si dangereuse : quelle fervente prière d'actions de grâces s'exhala de ses lèvres tremblantes !

Quand on eut affirmé aux trois compagnes de Céline qu'elle vivait encore, elles se jetèrent spontanément, sans aucune invitation préalable, aux pieds d'une image de la Bonne Mère (ainsi avaient-elles coutume de nommer leur céleste Protectrice) et récitèrent avec une ferveur angélique, un *Ave, Maria.*

Les soins donnés à la petite blessée la ranimèrent enfin. Quand elle ouvrit les yeux, elle crut sortir d'un horrible rêve : la vue des meubles renversés, de Sultane et de son accoutrement, de monsieur Villaret et de mademoiselle Julienne, plus encore la vive douleur qu'elle ressentait au sommet de la tête, siége d'une blessure profonde, lui rappelèrent tout de suite la vérité.

Sa grand'tante, qui lui faisait respirer des essences, eut ses premières paroles : « Oh! tante, balbutia-t-elle, j'avais été trop méchante... il devait m'arriver un malheur... Restez, tante, restez avec nous... Pardonnez-moi... je me repens de tout mon cœur ! »

La pauvre vieille tante, du revers de sa main ridée, essuya les larmes qui tombèrent à ces mots sur ses joues par cheminées.

— Je resterai, Céline, répondit-elle, ne parlons plus de cela, j'ai oublié tes torts, et je te défends de me les rappeler.

On transporta Céline dans son petit lit blanc, après avoir posé un premier appareil sur sa blessure.

Est-il besoin de dire qu'on n'augmenta pas sa douleur par des reproches relatifs à sa désobéissance? Non. Elle en était assez punie, car elle souffrait au-delà de toute expression.

Ni son père, ni sa tante, ni ses compagnes ne voulurent quitter son chevet, lui donnant ainsi l'exemple de la vertu opposée au vilain defaut qui déparait, en elle, ses autres qualités.

On dépêcha un exprès vers madame Villaret, pour lui annoncer, avec mille ménagements, l'accident survenu pendant son absence. Une heure plus tard, la tendre mère, dans un tourment impossible à décrire, était au chevet de sa fille, avec les quatre enfants auxquelles le nom de premières passagères était resté. Le Genêt, la collation sur l'herbe, les courses dans les bois avoisinant la maison de campagne, n'avaient plus d'attrait pour Louise, Léonie, Marthe et Geneviève. Toutes voulurent suivre la mère désolée auprès de son enfant malade, car toutes avaient bon cœur.

Nous n'attristerons pas nos jeunes lectrices par le récit des inquiétudes de madame Villaret, quand Céline, blanche comme les rideaux du lit dans lequel elle reposait, et la tête enveloppée de bandages, s'offrit à sa vue...

Quoique extrêmement faible, l'enfant, à l'approche de sa mère, se souleva péniblement, et, lui passant les bras autour du cou, elle l'embrassa bien fort, en murmurant :

« Maman, vous m'avez dit, ce matin encore, que les méchants sont toujours punis..... C'est vrai!... J'avais passé une mauvaise matinée... et avec ma pauvre tante donc, si vous saviez!... Pardon, maman... Priez le bon Dieu pour que je ne meure pas du grand mal que j'ai à la tête... Je vous ai fait tant de peine que je veux avoir le temps de vous en dédommager. »

Céline fut très souffrante pendant un mois. Le médecin, qui venait la voir chaque jour, était étonné de la patience avec laquelle elle endurait de fort douloureux traitements.

— Serai-je bientôt guérie? lui demanda-t-elle après trois semaines de maladie.

— Oui, ma petite, lui répondit-il ; prenez courage. Votre vilaine blessure est presque cicatrisée. Vous avez bien souffert, n'est-ce pas?

— Oh! oui, répliqua-t-elle en portant la main à sa pauvre tête endolorie. Mais, ajouta-t-elle tout bas, ce qui me fait beaucoup de peine, c'est que, bien souvent, maman et tante pleuraient à cause de moi!...

Vous voyez, mes enfants, que Céline n'était plus égoïste ni méchante. La leçon avait été terrible, mais salutaire pour elle d'abord, et aussi pour celles de ses amies qui avaient été témoins de ses fautes le jour de la fête.

En rapprochant l'histoire de Céline d'autres faits qui leur étaient personnels, celles-ci pensaient : « Une journée pendant laquelle on a été bien méchante finit souvent mal. »

Quand Céline fut guérie, elle n'oublia pas ses bonnes résolutions sous l'oreiller du petit lit où les suites de l'accident dû à sa désobéissance la retinrent pendant près de cinq semaines. Nous ne vous dirons pas qu'elle devint tout-à-coup parfaite (vous savez que les défauts se corrigent peu à peu et que les vertus s'acquièrent de même); nous vous affirmons cependant qu'elle mit une bonne volonté remarquable à combattre ses travers. Elle y réussit si bien que les mamans de ses amies la leur citaient pour modèle, et que ces mêmes amies, loin de la jalouser, la chérissaient et cherchaient à l'imiter.

Les parents de Céline, qui souvent s'étaient entretenus avec un réel chagrin de ses défauts naissants, furent bien heureux des excellentes dispositions dans lesquelles elle persévérait avec beaucoup de courage.

Et tante Julienne? Oh! pour elle, il n'existe pas au monde d'enfant aussi aimable que Céline. Elle l'adule, elle ne sait rien lui refuser. C'est au point, le croiriez-vous? que, par amour pour sa nièce, elle a oublié ses quatre-vingts ans, ses rhumatismes et son aversion naturelle des voyages, et qu'elle s'est dirigée avec la famille Villaret... vers quel pays? Vers la Normandie, le pays de monsieur Villaret et du bon cidre, selon l'expression pittoresque de Berthe! Tous y passeront environ un mois, car le docteur, que nous soupçonnons de gâter les enfants qu'il est appelé à soigner, a ordonné le changement d'air et les distractions à sa jeune convalescente. C'est, croyons-nous, la prescription qu'elle a écouté avec le plus de plaisir. Elle a cependant mis une condition à ce voyage : c'est que mademoiselle Julienne en ferait partie. Et mademoiselle Julienne a tout de suite répondu : « Oui! »

Il nous reste à parler de Sultane.

Depuis que Sultane, à des qualités déjà très-appréciables et très-appréciées, a joint celle de la fidélité au malheur, on la considère comme un des échantillons les plus intéressants de la gent canine. On la choie, on la gâte bel et si bien que, au dire des mauvaises langues (les bonne bêtes ont aussi des détracteurs), tant de douceurs à temps et à contre-temps la rendent quelque peu..... hargneuse !

Céline revint de Normandie dans un état de santé très-satisfaisant. Le changement d'air et la distraction lui ayant été propices, on convint avec mademoi-

selle Julienne qu'elle passerait une
partie des prochaines vacances en Bretagne. Seule, cette espérance de réunion empêcha les larmes de la bonne
tante de couler trop abondamment
quand elle embrassa sa chère petite
Céline pour la dernière fois.

Les vacances arrivèrent et le voyage
de Bretagne fut manqué comme avait
été, l'année précédente, le voyage de
Normandie. Pourquoi?... Céline n'avait
plus de tante... Elle avait quitté la
terre!

LES AVANTAGES

D'UN BON CARACTÈRE

Madame Aymard resta veuve, sans fortune, avec une petite fille au maillot. Cette enfant, qui d'abord avait rendu ses larmes plus amères, la rattacha à la vie ; elle réunit sur elle tous les sentiments affectueux dont son cœur était capable, et finit par se consoler en embrassant sa fille.

Quelquefois, cependant, la pensée que sa chère Lise aurait une éducation commune et qu'elle était destinée à vivre dans un état obscur, venait remplir de larmes les yeux de la jeune veuve; mais bientôt, reprenant courage : « Eh bien!... se disait-elle, je veux que ma Lise, dans sa détresse, brille de mille belles qualités qui fassent rougir la fortune et la distinguent de ses compagnes. »

Madame Aymard, naturellement simple, n'avait d'amour-propre que pour sa fille, mais elle le portait aussi loin qu'il peut aller; on juge bien alors que l'éducation de Lise commença, à la lettre, *dès le berceau.*

Madame Aymard ne quittait sa fille que pour la remettre entre les mains d'une paysanne gaie, bonne, dont le seul emploi était d'amuser l'enfant; ces courts instants semblaient encore volés à sa tendresse. Tant de soins ne furent pas perdus.

A quatre ans, Lise, jolie comme un cœur, plaisait surtout par sa tournure, sa gentillesse et ses manières polies. Lorsqu'elle voyait une personne de connaissance, Lise courait à elle d'un air enjoué, aimable, caressant, lui prenait les mains, sollicitait un baiser, répondait avec grâce à ce qu'on lui disait ; puis, sans se rendre importune, elle continuait ses jeux enfantins et laissait causer sa maman.

Quand Lise fut devenue grande, madame Aymard lui apprit qu'une humeur égale est un des plus grands charmes du commerce de la vie ; qu'il faut savoir renfermer en soi-même les contrariétés journalières que l'on éprouve chacun dans sa condition ; qu'il n'est pas généreux d'en accabler les autres, déjà chargés du poids de leurs propres peines. Elle lui dit en-

core que la douceur, vertu si nécessaire pour se faire aimer, doit être
accompagnée d'une grande patience
pour supporter les défauts de ses sem-
blables; qu'en joignant à ces qualités
la complaisance, la prévenance, les
attentions et les égards, on se faisait
chérir généralement. Lise, à genoux
devant sa mère, et lui tenant les mains,
qu'elle baisait, l'écoutait comme l'in-
terprète des volontés du ciel : toutes
ses paroles se gravaient dans son
cœur.

A l'aurore de sa vie, Lise eut occasion d'exercer envers sa mère ces mêmes vertus que madame Aymard lui
avait tant recommandées : la jeune
veuve, minée par la douleur, tomba
dangereusement malade; comme elle
n'était pas assez riche pour se faire

servir, Lise, âgée de douze ans, devint sa garde et son unique amie.

C'est alors que cette jeune personne mit en usage les conseils qu'elle avait reçus : elle eut le bonheur d'adoucir les maux de sa bonne mère, et elle lui prouva de mille manières sa reconnaissance et son amour.

Chargée des soins du ménage, et forcée d'aller seule chez les marchands, Lise voyait tous les cœurs voler à sa rencontre : « C'est, disait-on tout bas, cette petite demoiselle si douce, si aimable, si polie ! » Et Lise, servie une des premières pour qu'elle retournât plus vite auprès de sa maman, recevait partout des marques du plus vif intérêt.

Malgré les prières ferventes de cette charmante fille, l'impitoyable mort enleva madame Aymard. Lise, accablée de la grandeur de sa perte, et sans appui, restait auprès du lit de sa mère, la tête cachée dans ses mains; ses soupirs, ses sanglots auraient attendri les plus insensibles!... Une bonne voisine eut pitié de son état; elle l'emmena chez elle, pendant que son mari rendait les derniers devoirs à la défunte.

Ce mari, nommé M. Lanclaux, était riche, mais intéressé, bourru, despote. Subjugué par les vertus de madame Aymard, il avait bien consenti à être utile à Lise dans une circonstance embarrassante où la jeune et timide orpheline ne pouvait pas s'aider elle-même; mais il n'entendait pas la garder chez lui.

Sa femme, la meilleure qu'il y eût au monde, et qui aimait la petite à la folie, désira la prendre sous sa protection jusqu'à ce qu'on eût reçu des nouvelles de sa famille.

Lise, par ses malheurs, avait acquis de l'expérience : ses réflexions et les conseils de sa mère lui apprenaient que lorsque l'on est jeté dans le monde, sans fortune, il faut, pour être souffert, se rendre utile et agréable.

Assez fine pour connaître les défauts de celui qui la protégeait, Lise mit toute son étude à les faire tourner à son avantage : si elle pouvait rester dans cette maison aisée, dont les maîtres sont d'honnêtes gens, ce serait pour elle un grand bonheur; mais monsieur et madame Lanclaux ne lui doivent rien, elle sera une charge pour eux... Lise fait toutes ces réflexions et s'afflige!... Que va-t-elle devenir? qui prendra soin d'elle?

Elle avait passé la nuit à pleurer la mort de sa mère et à prévoir les suites de ce malheureux événement; au point du jour la fatigue l'endormit; à son réveil, l'infortunée se rappela ses chagrins, et son cœur oppressé se soulagea par des larmes.

Les larmes sont la ressource du faible : jamais madame Aymard n'en avait versé devant sa fille; Lise s'en souvint. Sa courageuse mère se présenta à elle au milieu de ses peines; elle la vit luttant contre le besoin et la maladie, sans jamais se plaindre, et elle eut honte de se laisser abattre. « O ma mère ! s'écria-t-elle en se jetant à genoux et joignant les mains, n'abandonnez pas votre enfant !... Mon Dieu, du séjour des justes, où votre âme jouit d'une paix profonde, veillez sur elle, et inspirez-lui ce qu'elle doit faire !... Mon Dieu, ajouta-t-elle, je me mets sous votre puissante protection; vous êtes le père de la veuve

et de l'orphelin, venez à mon se-
cours !... »

Lise priait avec ferveur, Dieu l'é-
couta sans doute. Tout-à-coup elle se
rappela les dernières paroles de sa
mère mourante : « Ma chère Lise !
lui avait dit madame Aymard avant
d'expirer, je te quitte au moment où
tu as besoin d'un guide : cette pensée
rend ma mort bien cruelle !... Ma fille,
souviens-toi de ta naissance ; ne t'expose pas à rougir un jour à tes propres
yeux !... Dans tous les événements
de la vie, aie le courage des grandes
âmes : surmonte le chagrin. Rends-toi
utile aux autres, si tu veux qu'on
s'occupe de toi : car l'égoïsme domine
le monde. Surtout fais-toi aimer, sois
sage, crains le Seigneur, et n'oublie
jamais les conseils de ta mère ! »

Lise écrivit ces dernières paroles de

la plus tendre des mères : elle les baisa et les plaça sur son cœur.

Il était midi quand madame Lanclaux entra dans la chambre de l'orpheline. Cette dame, qui ne cherchait qu'à la distraire, ne parut pas s'apercevoir de sa pâleur; elle l'emmena pour la faire déjeuner; mais Lise, extrêmement souffrante, ne voulut rien prendre.

Cependant, par les soins de monsieur Lanclaux, les affaires de madame Aymard s'arrangèrent; Lise se vit maîtresse d'un millier d'écus, que l'honnête voisin plaça dans une maison sûre.

— Ce sera, dit madame Lanclaux, pour établir notre enfant.

— *Notre enfant!* répéta son mari : la voulez-vous donc garder ?

— Ah! mon ami! elle est si douce!

C'est une amie, un soutien pour ma vieillesse! Souffrez au moins que ma chère Lise reste encore ici un mois; si, à cette époque, elle a perdu dans votre estime, je consens à m'en priver; mais je ne le crois pas.

Monsieur Lanclaux haussa les épaules.

— Les femmes, dit-il, se prennent comme cela de belle passion pour la première venue! Enfin, dans un mois nous verrons.

Madame Lanclaux ne blessa point le cœur de sa jeune amie par des leçons indiscrètes sur la conduite qu'elle avait à tenir avec son époux. Cependant Lise, très-susceptible (c'était son seul défaut), lisait sur la figure de son voisin, comme elle l'appelait quelquefois, le chagrin que lui causait son séjour dans la maison; son cœur se serrait,

et des larmes involontaires coulaient
de ses yeux. Que n'eût-elle pas donné
alors pour se suffire à elle-même par
un travail laborieux, et pour n'être à
charge à personne? Mais, d'un autre
côté, la reconnaissance, l'attachement,
plus puissants chez elle que son amour-
propre, la retenaient auprès de madame
Lanclaux, si bonne, si aimante! Lise,
cédant à l'amitié, chercha tous les
moyens de plaire à l'époux de sa bienfaitrice; les services qu'il lui avait
rendus méritaient bien le sacrifice de
sa fierté : c'est ainsi qu'elle le pensa.

Lise se mit à la tête de la maison ;
elle surveilla les domestiques, prit soin
du linge, et se chargea d'une foule de
petits détails pour soulager sa bienfaitrice. Cette vie active, économe et
laborieuse, ne fut pas la seule tâche
qu'elle s'imposa : Lise se fit une loi

6

d'entendre avec une apparente indifférence et une douceur inaltérable les brusqueries sans nombre de monsieur Lanclaux, et de n'y répondre que par des attentions délicates et d'aimables prévenances.

Ce n'est jamais sans fruit que l'on cherche à se vaincre soi-même : Lise, d'abord mortellement offensée des sarcasmes de monsieur Lanclaux, finit par lui pardonner ce défaut de caractère tout-à-fait étranger à son cœur.

Le mois convenu entre madame Lanclaux et son mari était passé, et personne ne paraissait s'en apercevoir ; cependant chacun y pensait. Mais monsieur Lanclaux, qui comptait exactement sa dépense, la trouvait diminuée ce même mois, quoiqu'il eût à nourrir une personne de plus : il y avait une différence de 50 francs, qui, répétée douze fois, faisait, au bout de l'année, 600 francs, tout juste la moitié de son loyer !... Nous avons dit que cet homme était avare : que l'on juge de l'impression que fit sur lui une économie semblable, due au bon ordre et à la surveillance de l'aimable orpheline !

Le mois suivant et un troisième s'écoulèrent encore sans que ni l'un ni l'autre des deux époux rappelât l'engagement qui avait été pris. Pendant cet espace de temps, la maison, où l'on voyait jadis la lésine à côté de l'abandon et du défaut d'ordre, suite ordinaire de la vieillesse livrée à elle-même, présentait le tableau le plus satisfaisant d'une honnête aisance jointe à la plus sage économie ; les appartements éblouissaient par leur extrême propreté ; tout le monde en parlait à monsieur Lanclaux, qui répondait froi-

dement en montrant Lise : « Faites-
en compliment à Mademoiselle : ces
soins l'amusent; avec elle un domestique n'oserait pas laisser sur les meubles la moindre poussière! »

Beaucoup plus affable que son mari,
madame Lanclaux témoignait à chaque
instant du jour à l'aimable orpheline
combien elle était satisfaite de sa conduite; elle voulut même que cette
jeune personne la nommât sa *mère*.
A cette preuve non suspecte d'une véritable affection, Lise fut attendrie
jusqu'aux larmes ; elle baisa tendre-
ment la main de madame Lanclaux,
et répéta avec sensibilité le nom de
mère, qui sanctionnait de la manière
la plus flatteuse pour son cœur tout ce
que cette dame avait fait pour elle jusqu'à ce jour.

Cependant une chose déplaisait fort

à monsieur Lanclaux : c'était l'élégance de l'orpheline. « Des robes de toutes couleurs, des chapeaux à la mode, des schalls, tout cela coûte un prix fou! On me ruine! se disait-il... » Il est à remarquer que cet homme parcimonieux donnait à Madame, qui était fort riche, une très-petite pension pour sa toilette, et que, par l'économie et la simplicité de madame Lanclaux, cette modique somme servait à l'habiller ainsi que sa fille adoptive. Monsieur Lanclaux savait tout cela; mais il n'en prenait pas moins d'humeur.

— Pourquoi, dit-il à sa femme, un soir qu'ils étaient retirés, pourquoi mettez-vous Lise comme une fille riche? Qui voudra l'épouser, avec cette toilette et mille écus de dot?

— Mon ami, Lise ne me coûte presque rien; elle est adroite, soigneuse, propre ; je vous jure que je suis étonnée moi-même de la voir si bien et à si peu de frais ; c'est elle qui fait ses robes, ses chapeaux, tous ses chiffons ; elle fait aussi quantité de choses pour moi : il est juste que je l'en récompense.

— Ne la nourrissez-vous pas ?

— Mon bon ami, voyez l'ordre qu'elle met dans la maison ! un simple domestique coûte plus qu'elle, et ne prend pas de même nos intérêts.

— J'avoue que cette petite a de bonnes qualités ; mais vous la gâterez, Madame.

La chambre où couchait Lise n'était séparée que par une mince cloison de celle de monsieur et madame Lanclaux ; notre orpheline entendit toute leur conversation sans en perdre un seul mot. Ce n'est pas que monsieur

Lanclaux cherchât à l'humilier ; mais comme il avait la voix forte, et qu'il n'était pas d'humeur à prendre des précautions, la pauvre petite eut la douleur de voir que, malgré tous ses efforts, il lui restait encore beaucoup à faire pour être aimée de cet homme bizarre.

Lise soupira en pensant que sa tranquillité, et même celle de madame Lanclaux, demandaient le sacrifice de sa toilette ; elle aimait la parure comme la plupart des jeunes personnes de son âge. Dans cette occasion, son bon esprit et son joli caractère se montrèrent dans tout leur jour. D'abord Lise évita de faire connaître à sa bienfaitrice qu'elle eût entendu la conversation de monsieur Lanclaux ; elle réforma peu à peu, et sous différents prétextes, ces colifichets qui blessaient l'œil austère de son ami

Lise s'y prit avec tant d'adresse pour faire adopter ces changements à son aimable *mère*, que cette dame en fut la dupe. Charmée cependant, au fond du cœur, d'une réforme qu'elle n'aurait pas voulu demander, madame Lanclaux eut l'air de s'en faire honneur auprès de son mari, à qui la docilité de Lise plut tellement, qu'il ne trouva plus personne dans la suite qui pût lui être comparé.

Madame Lanclaux profita des heureuses dispositions de son mari pour lui faire goûter un projet dont quelques mois plus tôt la réussite lui eût paru impossible. Dans un moment où monsieur Lanclaux était de bonne humeur, elle lui représenta que leur âge avancé demandait qu'ils songeassent à fixer le sort de Lise; que l'adoption

l   ssait le parti le plus conve-
nable, d'autant que, n'ayant point de
proches parents, leurs biens passeraient
à des collatéraux déjà fort riches et
qu'ils ne connaissaient point.

Monsieur Lanclaux écouta sa femme
sans l'interrompre; car il était devenu
tout-à-fait l'ami de Lise. Il entra dans
les vues de son épouse, et consentit
avec plaisir à devenir le père de cette
aimable enfant; il y mit même de l'intérêt, de la chaleur. L'acte d'adoption,
fait en bonne forme, fut passé peu de
temps après; monsieur Lanclaux le
donna lui-même à sa *chère fille* : « C'est,
lui dit-il en le lui présentant, la digne
récompense de votre bonne conduite :
une jeune personne sage et bien élevée
trouve toujours des protecteurs et de
véritables amis. »

LE MENSONGE PUNI

Adèle, fille d'un honnête artisan, avait la direction du ménage de son père, qui était resté veuf. Elle conduisait fort bien la maison, travaillait avec activité, mais elle aimait trop la toilette. Elle avait envie d'une robe de soie verte qui devait lui coûter six francs l'aune, elle pria son père, qui lui avait promis une robe, de lui donner de quoi acheter celle-ci; elle le trompa en lui affirmant qu'elle ne coûterait que trois francs l'aune. Le père consentit, et comme il fallait dix aunes, il donna trente francs et trouva que c'était beaucoup. Qu'eût-il dit, s'il eût su le véritable prix?

é   t quelques économies qui lui
o   ent les trente francs de surplus;
elle alla bien joyeuse acheter sa robe,
la paya et l'apporta à la maison.

Le jour même, tandis qu'elle était
allée au marché, il vint chez son père
un marchand colporteur qui était Juif.
— N'avez-vous pas besoin, dit-il, d'une
robe pour votre fille? — Vraiment non,
répondit le père, car elle en a acheté
aujourd'hui une superbe, et qui me coûte
bien cher; voyez-la, ne s'est-elle point
fait attraper? — Et combien a-t-elle
payé cette étoffe? dit le Juif. — Trois
francs l'aune. — C'est cher; cependant,
comme l'on m'a demandé une robe toute
pareille, et qu'il s'agit d'une bonne
pratique que je ne veux pas faire attendre, si vous voulez me céder cette
étoffe, je vous la paierai trois francs
dix sous l'aune. Le père d'Adèle s'em-

reçut l' ent.

Quand celle-ci rentra, son père annonça avec joie le marché qu'il venait de conclure. — Ah! mon Dieu, s'écria-t-elle, vous me faites perdre vingt-cinq francs! A peine eut-elle dit ces paroles qu'elle s'en repentit; car le père en exigea l'explication; et il fallut avouer son excessive coquetterie et sa dissimulation. — Le ciel t'a déjà punie de ton mensonge, dit le père; j'ajouterai encore à cette punition, car je garderai l'argent du Juif, et tu n'auras pas de robe. La punition était sévère, mais elle était bien méritée.

FIN.